雅众
elegance

智性阅读
诗意创造

Night Sky with
Exit Wounds

[美]王鸥行 著　何颖怡 译
OCEAN VUONG

夜空穿透伤

王鸥行诗集

雅众文化 出品

tặng mẹ（và ba tôi）

献给我的母亲（和父亲）

目 录

iii 代序 迷失归途的情欲之旅

3 门槛

7 忒勒马科斯

9 特洛伊

11 燃烧城市的晨歌

15 更近边缘

17 移民俳文

22 永永&远远

24 父亲的狱中信

26 头先出来

28 在新港我看着父亲的脸颊贴在一只搁浅海豚的湿背上

31 礼物

33 射出伤的自画像

39 二〇〇六年感恩节

40 破坏家庭者

42 我为你歌唱

44 因为是夏天

47	庖代
51	以首句重复法应付机械化
53	地球七层
55	此生，你我皆短暂灿烂
60	尤丽狄丝
62	无题（蓝，绿，棕）：油画：马克·罗斯科：一九五二
64	山丘下的皇后
69	空气的躯干
70	新遭诅咒者的祈祷文
72	给我的父亲／给我的未来儿子
76	引（爆）
78	自慰讴歌
87	笔记点滴
94	最小的测量
97	每日的面包
101	奥德修斯重返
103	说话恐惧症
105	总有一天我会爱上王鸥行
108	奉献
111	译后记

代序

迷失归途的情欲之旅

鸿鸿 [1]

二〇一六年,二十八岁的王鸥行交出了他的首本诗集《夜空穿透伤》,立即连获大奖,包括诗界桂冠"T.S. 艾略特奖"。三年后,他的自传体小说《此生,你我皆短暂灿烂》出版,引起更多热烈回响。中文读者却是先读到小说译本,诗集才问世,这样或许更幸福——因为这两本书像是镜像的双生子,诗集中许多越南故乡的细节、许多历史事件的痕迹、许多身体与身体的遭遇,在小说中均有更丰富的脉络交代。读过小说再读诗集,感觉坐标明晰,意象主从分明,仿佛手持一把解读的钥匙——这些诗几乎均可嵌入小说当中,成为一体;但独立观之,却也自成珠玉。

教导非虚构写作的李·古特金德(Lee Gutkind)

---

[1] 鸿鸿,诗人,剧场及电影编导。曾获吴三连文艺奖。著有诗集《跳浪》等九本,亦发表有散文、小说、剧本等作品。创办《卫生纸+》诗刊。担任台北诗歌节等活动的策展人,并主持黑眼睛文化及黑眼睛跨剧团。

曾大胆界定："诗（通常）也是创意非虚构作品。"此语最佳佐证，大约便是王鸥行。他的诗奠基于个人历史与真实经验，诉说越南父母与祖父母辈的战争往事、移民美国的适应过程，以及身为同性恋者的孤独与启蒙，句句掷地有声，不作诳语。

战争、移民、同志，可以说是这本诗集的三大主题，然而都透过唯一的管道诉说：身体。这也是王鸥行的诗最迷人的地方——充满感官的激情，令所有断裂的碎片联结熔铸。越南女孩如何在战乱中沦为妓女，和摧毁她家园的美国大兵相遇；父亲如何进入母亲"兰"而孕育了"我"；母亲移民美国后如何以美甲为生；诗人如何在年少时与爱玩枪的男孩互相性启蒙……这些情节都透过强烈的感官书写刻记下来，而且相互复印，平行交叠个人身体史与家族流离史。例如《特洛伊》一诗写屠城，却同步重影少年穿洋装旋舞的情潮："这是一匹人脸／马。腹内全为刃／与兽。"

王鸥行笔下的战争剪影，笔力万钧，"人行道上的飞弹影子逐渐加大，好像上帝在我们的上方弹奏空气钢琴。"宛如策兰《死亡赋格》写"空中的坟墓"般令人惊栗。这些未必是亲身经历，他却视为亚裔诗人责无旁贷的任务：迫使西方读者正视被他们迫害的受难者历史，一如特洛伊的诗人起身反驳荷马。他不惜动用希腊史诗,将越战描写为一场现代的特洛伊之战,以及用战后漂流十载无法归乡的奥德修斯,来写亲子的离散,令西方读者感同身受。

王鸥行的父母在抵美后离异,从此父亲缺席,无法弥补的离散痛苦,须靠另一种方式疗伤。寻父与寻找另一名能够托付身心的男子,于是成为诗人二而一的渴求。因此全书序诗《门槛》即以凝视父亲的裸体出发,惊心动魄,一如他后来在小说中的告白:"我第一次看到男性裸体,他看似永恒不灭。那是我的父亲下班在换衣服。我很想抹掉这个回忆。但是所谓永恒就是无法收回。"紧接着的一首《忒勒马科斯》则以奥德修斯之子拖父亲出水面的行动,来刻画他与父亲的重逢。可见神话赋予悲惨现实以价值,也为个人混乱彷徨的生命下定义。王鸥行擅长组织个人经验成为新的神话之冰山一角,熠熠发光:"他的仿冒劳力士,数星期后/将因掌掴她的脸而碎裂,现在微闪/于她的发后如迷你小月亮。"过去与未来、爱与暴力,在这短短几行间犬牙交错,展现神话才有的痛苦张力。

不过一路读下去,读者会发现战乱恐怕只是背景,一趟迷失返回之路的成长旅途,才是此书真正核心。他写情欲与身体,几乎每一句都炽烫灼穿纸页:"你的手指/穿过我的头发——我的头发是一团野火。""这是我们相爱的方式：舌上的刀刃变成／舌头。"他甚至引用美国连续杀人犯的事迹——同样身为同志的杰弗里·达默，他将受害者分尸后的"身体"留置家中："唯一的动机始终是／尽可能保留他们，尽管／只是保留一部分。"——来表达卑微的恋情中绝望的占有欲。

经历过备受霸凌的移民童年，王鸥行也以强烈的代入感为弱者发声。《地球七层》缘起得州一对同志伴侣在家中遭纵火而亡，全诗只有七个阿拉伯数字，在电子书中是黑底白字，仿如暗夜明星，游标点入，诗才以注释的形态浮现。这七层世界，既是火狱，也是天堂："再跟我说一次／麻雀飞离沦亡罗马城／的故事，／以及它们燃烧的翅膀。"美丽、哀婉、愤怒，都在这个精练的意象中流露。然而,在全书卷末的《奉献》中，他又自嘲："如果我的翅膀燃烧——那／又怎样。我／并未要求飞翔。"

自我肯认是如此困难。唯有爱与欲求，能让孤独的个体产生意义。小说中描写他和男孩崔佛的初恋："生平第一次，这具渐干的身体是被欲求与想望的。"所以很多人的第一本诗集都是情诗。说穿了，王鸥行亦然。然而，身为二十一世纪的亚裔酷儿，这身份未被赋予特权，却让他有置之死地而后生的觉悟。那些晃荡着情欲的诗句,勇敢、饱满、正视自身的绝望与虚无,几乎都是搏命得来。

这是一本疗伤之诗,却诉说了整个越南民族、整个同志族群,以及一个独特的男孩的伤之痛切无可疗愈,只能透过书写铭记。过去的伤痛,"就像枪管瞄准天空,必须压缩/子弹/才能让它发声"。发声或许是唯一方法,倾听则是读者的责任。《总有一天我会爱上王鸥行》道出接受自己的不易。"别害怕。/路的尽头是如此遥远/它已在我们身后。"像是安慰自己也安慰读者,不要紧,经过这些,我们还可以走下去。"夜的射入伤/会造成晨晓那么大的洞吗"?或许不会,但当子弹穿透夜空,透过更大的射出伤,只要伤得够大、够久、够痛,就能联结过去与未来,那里有梦,也有晨曦。

被笔勾掉的山水

在这里重现

——北岛

门槛[1]

身体的一切都有代价,
  我是乞求者。双膝落地,

透过钥匙洞窥视,看的
  不是男人洗澡,而是雨

流过他:吉他弦
  拍击他的圆形肩头。

他在唱歌,因此
  我才记得。他的声音——

像骨骼填实了我的核心。
  就连我的名字

也在我的体内伏跪,求

---

[1] 作者注:"门槛"挪改卡尔·菲利普斯(Carl Phillips)的诗《寓言》(Parable)中的一句。

饶。

他在唱歌。我只记得这个。
　　因为身体的一切都有代价,

所以我感觉活着。我想不出
　　更好的理由。

一天上午,父亲忽然停下
　　——如黑色小马静止水瀑中——

倾听我在门后
　　屏息。我不知道

进入一首歌的代价——就是迷失
　　返回之路。

所以我进入了。所以我迷途了。
　　彻底迷失,

双眼大睁。

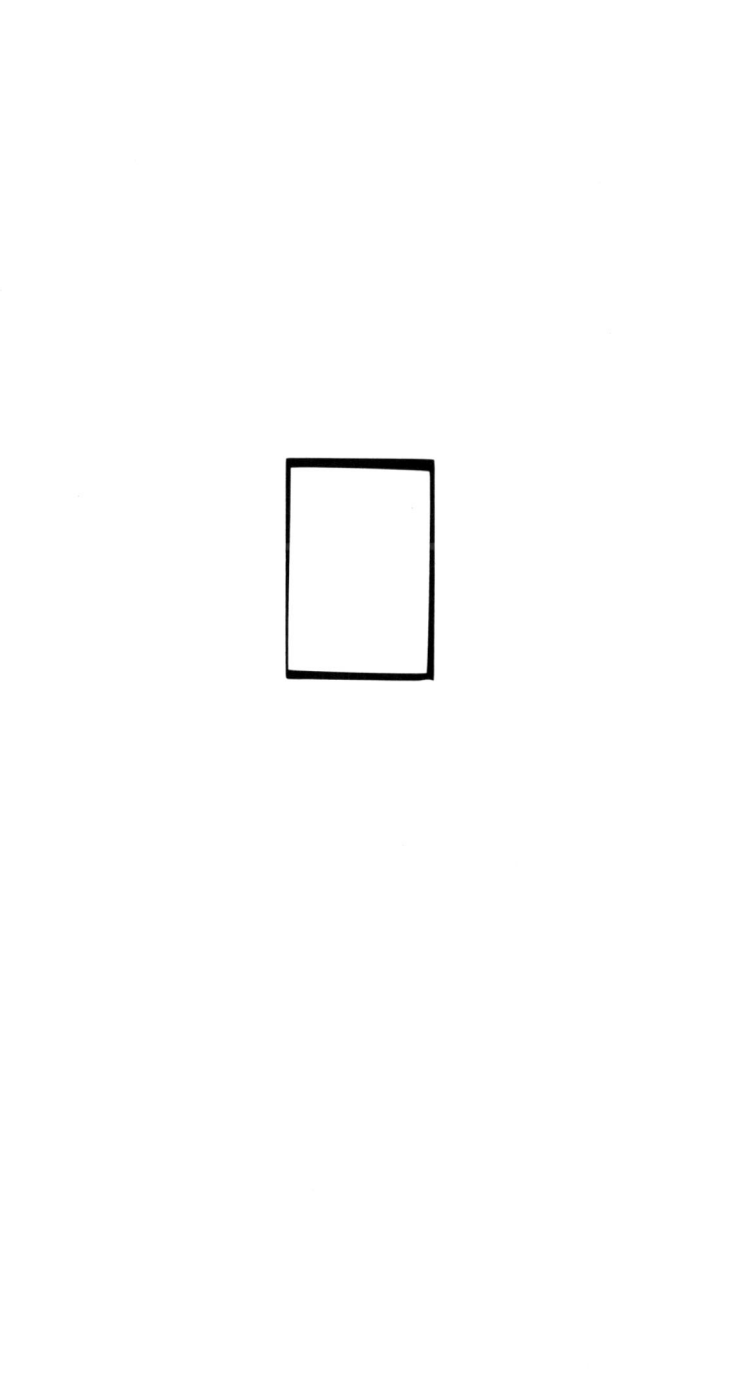

忒勒马科斯 [1]

像所有乖儿子,我拉父亲
出水面,揪着他的头发

拖过沙滩,他的指节切出一条痕迹
又被浪花赶上抹消。因为海岸那头的

城市不再是
他离去的城市。因为炸毁的

大教堂现在树林已成
圣堂。我跪在他身旁看自己

能沉得多深。你可知道这是谁,
爸?但是答案始终没来。答案

---

[1] 忒勒马科斯(Telemachus),希腊神话里奥德修斯的儿子。自小,父亲出外打仗,许久不归,他踏上行旅寻找父亲。作者跟父亲也自小分离。——凡此书未标明"作者注"的,皆为译注。

是他背上的弹孔,海水
盈满。他是如此僵直,我认为

他可以是任何人的父亲,设法
让一个绿瓶子出现

男孩脚边,内含
他没碰过的一整年。我碰

他的耳朵。没用。
我翻过他的身体。面对

它。圣堂在他深黑如海水的双眸里。
这不是我的脸,但我将戴上它

亲吻所有爱人晚安:
一如我以自己的唇

封上父亲的唇然后开始
老老实实下沉。

特洛伊

    破晓时一抹指痕的黑暗,他穿上
        红色洋装。一团火焰封固于
            宽如棺材的镜中。喉咙深处
铁器闪亮。一道闪光。一颗白
                    星。瞧
    他如何跳舞。瘀青色壁纸在
      他旋转时剥落成钩,他的马
头在家族照片投下
              阴影,玻璃在污渍下
嘎响。他舞动如
      其他碎裂之物,揭露至为短暂之门。洋装
        自他身上剥落如苹果
皮。好似他们的剑
        并未在他体内
    磨淬。这是一匹人脸
马。腹内全为刃
          与兽。好似舞蹈能阻止
    他的杀手心跳动于

　　　　　肋骨间。穿上洋装的男孩
　　　　　　　　红如闭上的眼
多么容易消失
　　　　于自己的
蹄声下。这马将如何奔驰为
　　　　　　气候——变成风。又将如何
　　　　像风为人所见。人们将看见他
　　　　　　　　　　至为清晰
在城市燃烧时。

燃烧城市的晨歌[1]

一九七五年四月二十九日,南越。美军电台播放欧文·柏林的《白色圣诞》,这是常风行动的暗码,在西贡沦陷时,美国以直升机撤退最后一批美国公民与越南难民。

  街头的雪花莲花瓣

     像女孩的洋装碎片。

盼您日日快乐光明……

他倒满一茶杯香槟,端至她的嘴。

 他说张开嘴。

    她张开。

      外面,一位士兵吐出

烟屁股,脚步声

  像天降石头落满广场。愿您

---

[1] 作者注:"燃烧城市的晨歌"挪借了欧文·柏林(Irving Berlin)作曲的《白色圣诞》(*White Christmas*)歌词。

年年都有白色圣诞

    交通卫兵解开枪套。

  他摸索她的

白洋装裙摆。一根蜡烛。

    他们的影子：两条烛蕊。

军用卡车急速驶过十字路口，里面孩童

   尖叫。脚踏车被拎起

  砸破商店橱窗。当尘土扬升，一条黑狗

   躺在路中喘气。它的后腿

      碾碎于灿亮的

   白色圣诞。

床头柜，一枝木兰花舒展如

   秘密初闻。

树梢晶晶孩童聆听[1]，警长

  趴浮于满池的可口可乐。

  手掌大的父亲照片浸在

---

1 这句"The treetops glisten and children listen"，引自《白色圣诞》歌词。

  他的左耳旁。

那首歌像寡妇行过城市。
  一个白色……一个白色……我梦见帷幕般的厚雪

        自她肩头坠落。

雪花刮着窗户。炮火撕裂
      白雪。天空血红。
  坦克车上的白雪滚落城墙。
救援生者的直升机
       遥不可及。

    城市雪白等人着墨。

       广播说跑跑跑。
雪花莲花瓣落在黑狗身上
  像女孩的洋装碎片。

愿您日日快乐光明。她说了些
  听不分明的话。旅馆在
    他们下面震晃。床铺像田地覆冰。

第一颗炸弹照亮他们的脸,

   他说别担心,我的兄弟已经赢得此场战争

      然后明天……

   灯火熄灭。

我梦见,我梦见……

     聆听雪橇铃声……[1]

下面的广场:修女,着火,

   无声奔向她的主——

他说,张开。

   她张开。

---

1 此两句来自《白色圣诞》歌词。

更近边缘

够年轻所以相信没有任何东西
能改变他们,他们跨步,手牵手,

进入炮坑。黑牙充斥的
黑夜。他的仿冒劳力士,数星期后

将因掌掴她的脸而碎裂,现在微闪
于她的发后如迷你小月亮。

在这个版本里,那条蛇无头——僵直
有如绳子自这对爱侣脚踝松开。

他掀起她的白棉裙,揭露
另一个小时。他的手。他的双手。两手内的

音节。噢父亲。噢预兆,用力压进
她——如蟋蟀鸣叫

撕裂大地。告诉我毁灭如何以
臀骨打造一个家。噢母亲,

噢分针,教导我
如何拥抱男人如饥渴

拥抱水。让每条河都羡慕
我们的嘴。让每个吻都如季节

袭击身体。那是苹果以红蹄
雷响大地之处。而我成为你的儿子。

移民俳文

引领我到你身边的路很安全
即便它通向海。

——埃德蒙·雅贝斯[1]

★

喏,有如呼吸,我们脚下的海水上涨。如果你非得知道什么,请知道最艰巨的任务是人只能活一次。知道沉船上的女人无论肌肤多么细嫩,必须成为救生筏。当我睡着,他点燃最后一把小提琴为我的脚取暖。他躺到我身旁,在我的颈窝种下一个字,溶化成一滴威士忌。我的背后,太阳金黄转锈红落下。我们已经航行数个月。话语飘散咸味。我们一直在航行——总见不到世界边缘。

---

[1] 埃德蒙·雅贝斯(Edmond Jabès,1912—1991),法国诗人、哲学家、宗教思想家。

★

我们离开时，城市仍在冒烟。否则那是完美的春晨。大使馆草坪上白色风信子惊吐。天空是九月蓝，鸽子啄食炸毁的烘焙店四散的面包碎屑。破碎的法国长棍面包。压扁的牛角面包。内部掏空的汽车。焦黑的木马兀自旋转。他说人行道上的飞弹影子逐渐加大，好像上帝在我们的上方弹奏空气钢琴。他说我有好多事得告诉你。

★

星星。或许该说，天空的排水沟——正在等待。小小的洞。那是年深岁久的小小开口，正足以让我们滑过。一把弯刀搁置甲板晾干。我的背对着他。我的脚在漩涡里。他蹲伏我的身旁，他的呼吸像错置的气候。我让他手捧海水淋我的头发再拧干。最小的珍珠——全部送给你。我张开眼。他的脸在我手中，湿润如割伤。他说，如果我们顺利靠岸，我将以此水为我们的儿子命名。我将学会如何爱上一头怪兽。他笑了。白色连字符取代原有嘴唇。天空海鸥盘旋。那是在星群间震颤的手，企图保持平衡。

★

雾气消散。我们瞧见了。地平线——突然消失。闪亮的水直坠。干净慈悲——一如他所求。一如童话。那种合起书本就会变成膝上笑声的故事。我扯起满帆。他将我的名字抛入空中。我看见音节变成卵石滚过甲板。

★

怒吼。海水在船首碎裂。他看见海水分开如小偷窥见自己的内心：都是骨头与裂木。船身两侧海浪涌起。船儿封固水墙内。他说，瞧，我现在看见了！他上下蹦跳。他一边亲吻我的手腕一边掌舵。他在笑，却被眼神背叛。他笑，尽管他知道自己破坏一切美丽之物，只为证明美并不能改变他。故事有个转折点：原本该是夕阳的地方有个软木塞。一直都在那里。有艘船是以牙签与瞬间胶做成。有艘船是塞在酒瓶里放在壁炉上——圣诞派对进行中，红色塑胶杯溅出蛋酒。我们还是继续航行。我们继续站在船首。像困在玻璃里的结婚蛋糕装饰新人。水面趋于平静了。那水就像空气，就像时间。大家叫啊唱啊，他不确定那是为他唱的歌，或者自己把燃烧的房间误认为童年了。大家都在跳舞，而小小的一男一女困在绿色瓶中，认定有人等在他们的生命终点说嗨！你们不需要跑这么远的。为什么要走那么远？就在此时球棒击碎世界。

★

如果你必须知道什么，请知道你之所以出生是因为没有其他人要生下来。船儿摇晃时，你在我体内膨胀：爱的回声变硬成为男孩。有时我觉得自己像是&符号。醒来等待触礁。或许身体是答案唯一无法抹消的问题。多少吻在我们祈祷时碾碎于唇间，只余碎片捡起？如果你必须知道，请知道透过牙齿才是了解一个男人的最佳方法。一度我在绿色暴风中饮下雨。一躺数小时，我的处女身大开。无尽田野在我的身下。多么甜美。那雨。一个存在目的只是落下的东西竟只有甜美而无其他。水消减为意图。意图转成养分。所有人都可以忘记我们——只要你还记得。

★

心中的夏日。
上帝张开另一只眼:
　　　　湖中有双月。

永永&远远 [1]

他说,你最需要我时打开它,
   将缠了胶带的鞋盒

塞到我床下。他的拇指,
   仍因母亲大腿间的抖颤而

湿润,在我眉头上方的痣上不断画圆。
   魔鬼的眼睛在他齿间灼亮

还是他点了大麻?无所谓。今晚
   我会醒来并误认母亲

发间滴落的洗澡水是他的声音。我打开
   积了七冬灰尘的鞋盒

喏,就在那儿,柯特点四五手枪,卡在泛黄报

---

[1] 作者注:诗名"永永&远远"(Always and Forever)也是我父亲最喜欢的歌名,路德·范德鲁斯(Luther Vandross)演唱。

纸堆里——沉默且沉重

如截肢手臂。我拿起枪
　　　　思索夜的射入伤

会造成晨晓那么大的洞吗。如果
　　　　我窥视洞内，会瞧见这个句子的

结尾吗？还是只瞧见一个男人跪在
　　　　儿子床畔，灰色连身工作服散发汽油

与烟味。或许这天结束时
　　　　生命不会翻页而他的手将抱着

男孩白到泛青的肩膀。男孩假装
　　　　熟睡而父亲掐得更紧。

就像枪管瞄准天空，必须压缩
　　　　子弹

才能让它发声

父亲的狱中信

Lan oi,

Em khỏe khong? Giờ em đang ở đâu? Anh nhớ em va con qua. Hơn nữa[1]有些事／我只能在暗处说／譬如某年春日／我捏碎飞行中的帝王蝶／只为感觉／东西在手中／改变／就是这双手／有时夜里因音乐／或者该说是雨滴的触动／而苏醒／回忆抹消成音乐／就是这双手触摸／发霉庙宇里的百合香曙光的／碎片出现在一只死鼠／的眼里你的声音出现在／我的手旁／就是这双手拿着九厘米手枪抵着男孩／颤抖的脸颊我才二十二岁／枪没上膛／我不知道／消失如此／容易就是这双手／拖着锯子行过最最深蓝的清晨四点／蟋蟀鸣叫木棉树干在／我们眼中迸碎／直到一棵或两棵倒下／锯子锯进暗蓝直到一或三人／开始奔离他们的国家／到他们的国家／AK47自动步枪就是上帝它的声音／会

---

[1] 此诗开场以越南文写就，刻意制造一种疏离，翻译保留此一特色。这串越南文是"喂呀兰，你好吗？我想念你跟宝宝，还有"。"Oi"是越南语里的亲昵招呼。

阻止百合／如何令我窗前日日开放的百合／合上／那儿有个灯塔／某些夜里你是灯塔／某些夜里你是海／这代表我不认识／欲望除非／它等同于碎裂与重建的需求／心灵忘记／肉体的存在之罪／但是再次亲爱的兰或者／喂呀兰有什么关系／隔壁牢房的男人／夜夜哀求母亲的乳房／一滴也好／我觉得我的眼睛跟他的很像／夜晚淌血流经灯塔／这样的夜晚震碎／我经受多次枪火后戴上的面具／喂呀兰！喂呀兰！喂呀兰！／我是如此渴欲／一碗饭／一杯你／一滴也好／被时钟摧毁的女孩／我的回声困在八八年／今晚牢房太冷而且某些事／唯有帝王蝶／不再飞来／翅膀不再擦过尿液湿滑的地板寻找／幽灵女子的碎片／我才能说我将脸贴上／大小如你手掌的窗户／海岸再过去／灰色晨曦掀起你的紫色洋装裙摆／然后我点燃。[1]

---

[1] 文中的"暗蓝"是越共军服的颜色。"被时钟摧毁的女孩",作者的母亲曾在时钟工厂打苦工。

头先出来

Không có gì bằng cơm với cá.
Không có gì bằng má với con.

——越南谚语[1]

你难道不知道？母亲的爱
     无视尊严
   就如火
无视燃烧物的
    哭泣。我的儿子，
      即便到了明天
你依然可以拥有今天。你难道不知道？
    有些男人抚摸乳房
      就像他们抚摸
   骷髅头顶。背负
梦想的男人
   可以扛着死人
     翻山。

---

1 这两句为"无物可比米和鱼，无物可比母亲与她的孩子"。

但唯有母亲

   能揣着

第二个心跳的重量行走。

      傻男孩。

   你可以迷失于书本

却无法像上帝

     忘记自己的手

遗忘自我。

    当人们问你

     来自何处,

告诉他们你的名字

   是在一个战火中女人的

      无牙嘴里血肉成形。

你也非分娩生下

     而是脑袋先出来,爬入——

狗儿的饥肠辘辘。我儿,告诉他们

     身体是一把越割越利的

刀刃。

在新港我看着父亲的脸颊贴在一只搁浅海豚的湿背上

然后闭上眼睛。他的头发是海豚

                皲裂肌肤的色泽。

他的右手臂刺青了三只坠落

                凤凰——火焰

标记他夺走

                或未夺走的生命。他手拥

海豚的粉红嘴鼻。它的牙齿

                闪亮如子弹。

休伊。战斧。[1] 半

                自动步枪。我们坐在

日产汽车里时我静止不动,看着海浪

                拂过我们的气息

而他冲往海滩,瘸着

                一条跛腿。芥黄

色的北脸牌夹克

---

[1] 休伊(Huey),美军多用途直升机的昵称。战斧(Tomahawk),越战中美军常用的破门工具。

　　　　　　　　　　褪成抹入
我们生命的那种灰色生活。榴霰弹
　　　　　　　　绑身。披荆斩棘。上一次
我瞧见他如此奔跑，他手握
　　　　　　　　　　铁锤，母亲
近在他的指尖。
　　　　　　　　　　当我们奔逃，
美国。美国就是成排街灯
　　　　　　　　闪烁于他饮了威士忌的嘴。一个
在富兰克林大道尖叫奔逃的家族。
　　多动症。创伤后症候群。战俘。扑。扑。扑。
狙击手说。父亲说
　　　　　　　　干你娘的，曳光弹炸闪
棕榈树叶。绿色碎纸
　　　　　　　纷飞，我多想要你是绿色[1]。
绿色，尽管是红色尽管
　　　　　　　一切皆非如此。他双膝跪落
墨黑泥中，捞起
　　　　　　　一丝细水浇淋搏动的

---

[1] 此句原文为"green, how I want you green"，挪用自费德里科·加西亚·洛尔迦（Federico García Lorca）的诗《梦游人谣》(Romance Sonámbulo) 的英译。

弹孔。没事。没事。AK

　　　　　　　　47自动步枪。我一生只有一次十一岁
当他跪下抱起

　　　　　　　　　　　湿透了的难民。海浪吞没

他的腿。海豚的眼睛惊睁如新生儿

　　　　　　　　　　的嘴。而我再度推开

　　　　　　　　　副驾车门。跑向
锈红的地平线,逃离

　　　　　　　　　　　　　一个
应该逃离的国度。我追逐父亲

　　　　　　　　　　　　一如死者追逐
白日——虽然距离

　　　　　　　　　太远听不清,但是就他脖子歪斜一边

　　　　　　　　　好似扭断来看,我知道他正对

　　　　　　　　　　　　空空的双手唱着
我最喜欢的那首歌。

礼物 [1]

a b c   a b c   a b c

她不知道接着是什么。

所以我们重新开始:

a b c   a b c   a b c

但是我能瞧见第四个字母:

一撮黑色头发——

从字母松开

然后写上

她的脸颊。

直到现在美甲坊

都粘着她:乙酸异丙酯,

乙酸乙酯,氯化物,十二烷基硫酸

---

[1] 作者注:这首诗的概念来自李立扬(Li-Young Lee)。译者注:李立扬为从印尼移民到美国的华裔诗人。

钠以及从她的粉红色

我♥纽约 T 恤

蒸散而出的汗味。

a b c　a b c　a——铅笔断裂。

b 胀破肚皮

像黑灰吹过

一抹抹蓝色的天空。

别动,她说,从

黄色尸骸捡起翼骨似的

一段石墨,塞回

我的手指间。

再来。然后我再度

瞧见:那撮头发从

从她的脸颊撩起……坠落

纸上——无声

活着。像一个字。

我依然能听见。

射出伤的自画像

不如,让它成为被雨淹没的每个
脚步声回响,瘫痪空气如

扔进沉船的名字,让它穿越一个
企图遗忘人行道下埋着尸骨的城市,

穿越这城市的腐物与铁,飞溅上木棉树干,
然后穿过病气烟雾弥漫与半吟唱

祷词的难民营,以及外婆用仅剩蜡烛照明
的锈蚀黑色棚屋,我们捧在手中误以为是

兄弟的猪脸,让它进入一个以雪花
照明,只有笑声装饰的房间,神奇牌吐司

与美乃滋举到皲裂嘴边就像无人

记得的胜利证言,[1] 让它轻拂父亲手中

高举的新生儿的泛红脸颊,而那双手
散发鱼内脏与万宝路臭气,众人欢呼

又一个棕肤外国佬倒在约翰·韦恩的M16步枪下,越南
在荧幕上燃烧,让它熠过他们的耳朵,

利落,如诺言,然后穿透沙发上方的
迈克尔·杰克逊闪耀海报,进入

超市,一个混血母亲开始相信
每个鼻子长得跟她一样的白人

都是她的父亲,愿它在她嘴里短暂
轻唱,而后将她撂倒在番茄酱瓶罐

与蓝色意大利面盒间,深红色苹果自

---

1 作者在自传体小说《此生,你我皆短暂灿烂》(大陆版译作《大地上我们转瞬即逝的绚烂》)中曾说,初到美国,他们以为美乃滋就是越南人视为富贵人家才吃的奶油。

她掌中滑落,然后滚进她丈夫

的牢房,他呆坐瞪视月亮直到深信
那是上帝拒绝给他的最后一片

圣体,让它袭上他的下颌有如
你我忘怀如何给予的吻,嘶一声

回到六八年的下龙湾:火焰取代
天空,而天空唯有死者

仰视,愿它来到祖父干了
怀孕农家女的军用吉普车后座,

他的金发在燃烧弹强风中飞舞,让他被
压倒在未来女儿们要站起的泥地上,

手指因盐巴与落叶剂起水泡,愿它们
撕裂他的橄榄色军服,攥住挂在脖上的

名字,那是他们衔压在舌间的姓名,
以便重学活,活,活这个字——就算

没有其他理由,也让我编织死光
有如盲妇将一块破皮缝回女儿的

肋骨。没错——让我相信我生来
就是要扣下扳机,轻松熟练,就像一个真正

越共,当我埋入景象间,让我如
鬼魂的脚步在雨中迷离——并祈祷

一切静止不动。

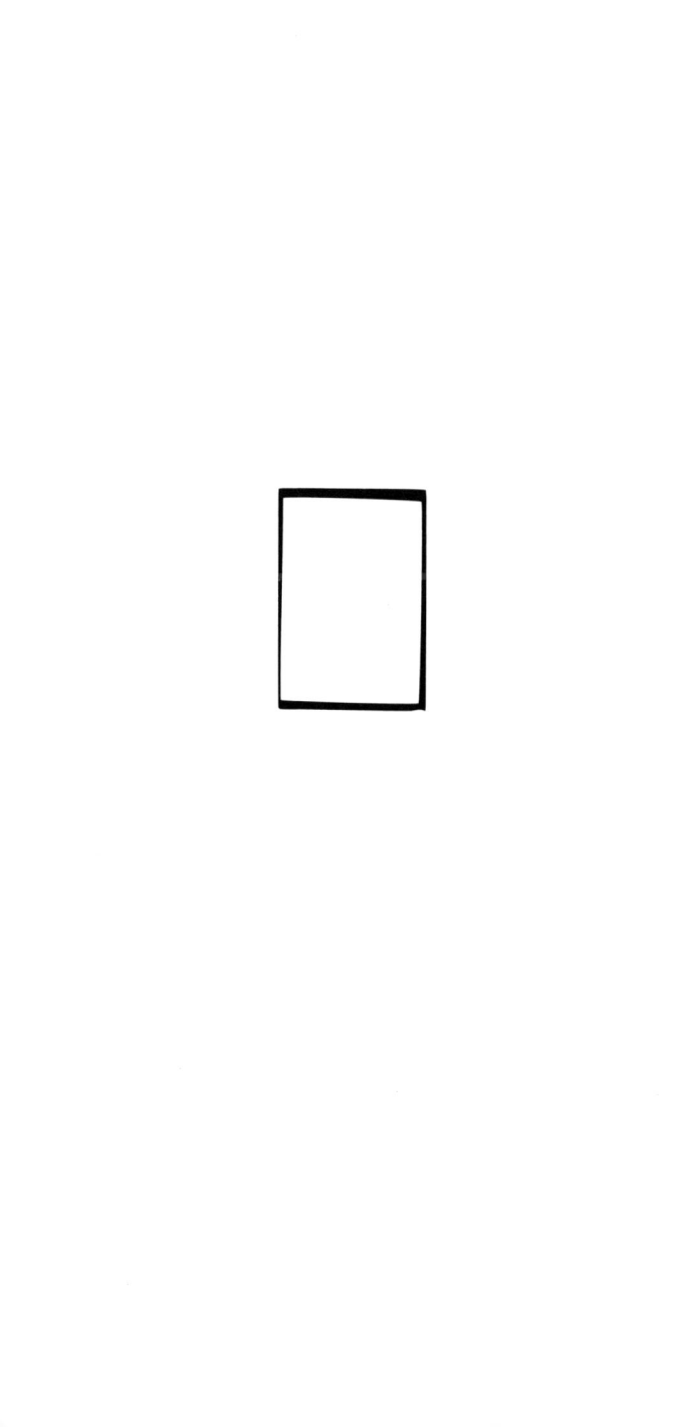

二〇〇六年感恩节

布鲁克林今晚太冷

而我与所有朋友已分离三年。

母亲说我想成为什么

都可以——但是我选择活着。

旧褐色砂石房子的台阶上,

香烟一闪,又灭。

我走向前:沉默

磨利的刀片。

他的下颌深刻在烟雾里。

那是我重新进入这个城市的

入口。陌生人,可碰触的

回声,这是我的手,沾满寡妇泪水一般的

薄血。我准备好了。

我准备成为你弃之身后的

每一只动物。

破坏家庭者

而我们是这样跳舞的:穿着母亲的白洋装
长度盖过脚面,八月尾声

将我们的手转成暗红。而我们是这样相爱的:
五分之一瓶伏特加与一个阁楼下午,你的手指

穿过我的头发——我的头发是一团野火。我们遮住
耳朵,然后你父亲的暴怒变成

心跳。当我们唇碰唇,白日收拢成
棺材。在心的博物馆里

两个无头人搭建一栋着火屋。
一把霰弹枪永远在

火炉上方。永远还有一小时要打发——却总又是
恳求某个神赐还。不是在阁楼,就是在车里。不是

在车里,就是在梦里。不是那男孩,就是他的衣服。
如果没活着,
就放下电话。因为年分不过是我们绕圈圈的

距离。也就是说,是我们跳舞的
方式:在沉睡的身体里各自孤独。也就是说,

这是我们相爱的方式:舌上的刀刃变成
舌头。

我为你歌唱[1]

我们办到了,宝贝。
      我们坐在黑色大礼车
后座。民众夹道
        欢呼我们的名字。
他们对你的金黄头发
       与熨得笔挺的灰色西装有信心。
他们深信我是
       好公民。我爱我的国家。
我假装一切如常。
       我假装没看见那男人
与他的金发女儿趴下
       寻找掩护,假装你没在
叫我的名而它听来
       不像屠宰场迎面袭来。

---

[1] 诗名"我为你歌唱"(Of Thee I Sing)来自美国爱国歌曲《我的国家,属于你》(*My Country, 'Tis of Thee*),此处的"你"(thee)指美国。诗以肯尼迪总统遇刺为主题,杰奎琳·肯尼迪为第一人称主述。

我还不是杰姬・O[1]

    而你的脑袋也没有一个洞,像短暂的彩虹闪现于
荒芜迷雾。我爱我的国家

      但是我究竟想骗谁?我仍揽着
你炙热的思绪,

     亲爱的,我甜蜜,甜蜜的
杰克。我的手横过后车厢盖

       捕捞你的记忆碎片,
就是你我拥吻而全国

      为之欣灿。你的背部垮下。
你的手松开。整个人软瘫在座位上,染深了

      我的紫红套装。但我是
好国民,身旁围绕着基督

       与救护车。我爱
这个国家。那些扭曲的脸。

     我的国家。蓝天。黑色
礼车。我的一只白色手套

      闪亮粉红——满溢
我们的美国梦。

---

1 杰奎琳后来改嫁希腊船王奥纳西斯,人们称她"杰姬・O"。

因为是夏天

你骑你的自行车到公园
九点夜色瘀青枫树披挂
新割玉米田连续数日飘来的
破碎塑胶袋而你谎称
自己的去向要和一个你想不出该叫什么
名字的女人约会但是他已经等在
新港牌香烟与撕裂保险套
点缀的棒球场牛棚区后面
他手心冒汗等着他嘴里有
薄荷味发型廉价
穿着姊姊的李维斯牛仔衣
湿草蒸散尿气
毕竟这是六月而九月之前
你都还年轻他看起来和
照片不像但是没关系
因为走到这一步前
你已经亲吻了母亲的
脸颊因为裤裆的黑色细缝已足够

发声而你的嘴覆盖了拉链的细声尖叫

聆听鸟儿

水中扑翅松紧带

啪响四只手瞬间

变成十二只：欲望猬集如

新娘面纱笼罩但是你

配不上：这男孩

与他的寂寞认为你

美只因为你不是他的

镜子因为你没有

没有许多张脸可供抛弃你走到

这一步只为成为无名者而这是六月

只要晨曦尚未

降临只要死去男孩的

房间还未传出流行歌曲只要夏日的

所有角落尚未渗水你就还年轻而你想

告诉他没关系的夜晚也是你我

必须爬出的坟墓但是他已经开始整理

衣领玉米田蒸散暴烈的

粪肥味你在脖子抹上

口红颤抖的手穿衣

你说谢谢你谢谢你谢谢你

因为你尚未学会原谅我

究竟有何意义因为你就是这么说的

当一个陌生人自夏日而来

让你又多了一小时可活

庖代

> 唯一的动机始终是
> 尽可能保留他们,尽管
> 只是保留一部分。
>
> ——杰弗里·达默[1]

我开进田野然后关掉引擎。

    很简单:我真的不知道
    如何温柔地爱一个

男人。柔软
需经锤打

    方可得之。萤火虫串
    飞蓝宝石夜空。

---

[1] 杰弗里·达默(Jeffrey Dahmer),美国连续杀人犯,共杀死十七个男人与男孩,并保存他们的部分尸骨。

你是如此静默几如

     明日。

身体生来柔软
是为了不让我们

     寂寞。
     你说这话

就像车里渗满

     河水。

别担心。
这里没水。

     只有你的眼睛

闭紧。
我的舌头

      吻上你胸前的十字架。
      细细的黑毛

好像遁隐昆虫
消失的脚。

      我从来就不想要

肉体。
它总是精准地

      失败
      无误。

但是如果我不顾一切
钻破薄如书页的

      肌肤
      然后发现心脏

不及拳头大小
你的嘴倒是敞开

　　　　　　　　　大如耶路撒冷。那又
　　　　　　　　　如何？

爱上另一个
男人——就是

　　　　　　　　　不留他活着
　　　　　　　　　来原谅我。

我不想留
任何人活着。
只想保有
且被保有。

　　　　　　　　　就像田野将
　　　　　　　　　自己的奥秘

变成芍药。
　　　　　　　　　就像光线保守阴影
　　　　　　　　　是将它

一口吞没。

以首句重复法应付机械化 [1]

睡不着

所以你套上他的灰色靴子——全身赤裸——然后踏入

雨中。你想着：即使他已经死了，我还是希望维持

干净。但愿雨是汽油，你的舌头是一根

点燃的火柴，你无须消失便能蜕变。但愿

他死于他的名字在你嘴内变成

一颗牙的那刻。但是他没。他死于他们推他出去

而牧师催促你离开房间的刹那，你的手掌是

两捧雨。他死于你心跳加快，

另一场战争为天空镀铜的那刻。他死于每晚你闭上

眼睛聆听他缓慢吐气时。你的拳头

窒息了黑暗。你的拳头打穿浴室镜子。他死于

那个众人欢笑的派对而你只想

进厨房做七个蛋饼然后

纵火烧屋。你只想冲到森林然后祈求

狼来干死你。他死于你醒来

日日都是十一月时。罕醉克斯的唱片销蚀于

---

1 作者注：此诗献给 L.D.P.。

生锈的唱针下。他死于足足多吻了你

两分钟,然后说等等,我有话

跟你说的那个早上,你火速抓起最爱的

粉红色枕头闷住他而他在柔软

黑暗的布料下呐喊。你牢压枕头直到他非常安静,

直到四壁消失然后你们再度站在拥挤的

火车上。数年后回首,瞧那火车来回轻摇你们

有如慢舞。你还是大学新鲜人。你还是

畏惧自己只有两只手。而他还不知道你的名字

却仍是笑。窗户映照他的牙齿

也映照你说哈啰的嘴——你的舌头

一根点燃的火柴。

地球七层

二〇一一年四月二十七日,得州达拉斯一对同志伴侣迈克·汉弗莱与克莱顿·克普萧在家中遭纵火而亡。
——《达拉斯之声》

1

2

3

---

1 仿佛我的手指,/在门后/摸索你的锁骨,/就足够/抹消自我。忘记/我们建造这个房子知道它/不能长存。/一个人如何/能停止/懊悔/而无须砍断/双手?/又一支火把
2 穿过/厨房窗户,/又一只迷途鸽子。/说来有趣。我一向知道/待在我的男人身边/我最暖和。/但是别笑。请了解/当我说我熊熊燃烧的时刻/就是每晚浑身浸沐你的气味:泥土汗味/加上"老气味"牌体香剂/白日
3 屏弃我。/墙上照片里的你我/脸色变黑/别笑。再跟我说一次/麻雀飞离沦亡罗马城/的故事,/以及它们燃烧的翅膀。/废墟卡在它们的顶针花纹喉部/逼它们歌唱

                                    4

                              5

                        6

                                    7

---

4 直到音符织入／你鼻孔冒出的／烟。说啊——／直到你的声音／只是焦骨的／嘎
5 响。但是别笑／当这些墙壁倒塌／并且只有火星／而无麻雀／飞出。当它们／翻找余烬——并从你消失的嘴里／扯出我的舌头，／一朵焦黑窒息的／蜷缩
6 玫瑰。／每片黑色花瓣／轰响／你我残余的／笑声。／笑声化为灰烬／进入空气／飘向蜜糖飘向宝贝／亲爱的，／瞧。瞧我们多开心／如此无名／却依然是
7 美国人。

此生，你我皆短暂灿烂

I

告诉我这是为了满足饥渴
且无其他。因为饥渴就是赐给
身体自知

无法保留的东西。而被另一场战争
削弱为余烬的光
便足以将我的手钉牢在你胸膛。

I

你，溺毙
　　我的双臂间——
别走。

你，用力纵身
　　入河

只求一个人

  静静——

别走。

I

我会告诉你我们如何千错万错仍可被原谅。我会告诉你某晚我爸如何反手掌掴我妈,电锯厨房小桌之后,跪倒浴室直到我们听见墙后传出的压抑呜咽。因此我得知——爆气男人最易投降。

I

说投降。说雪花石膏。折叠刀。

  忍冬。一枝黄。说秋天。

说秋天,尽管你满眼

  尽绿。尽管日照下

依然美丽。说你会舍命以求。斩不断的曙光

  漫上你的喉咙。

我在你的下面抖动

  如麻雀震慑于

坠落。

I

暮色：你我身影之间的一抹蜂蜜，滴落。

I

我想消失——所以我打开一个陌生人的车门。他离婚了。脸埋手中啜泣（舔起来有锈味的手）。钥匙圈的粉红色乳癌防治缎带在点火装置上摆动。我们触摸彼此不是只为了证明我们还在？至少我一度还在。月亮，遥远，闪烁，困在我脖子上的汗珠里。我让雾气渗进车窗缝，覆盖我的尖牙。当我离开，那辆别克轿车仍停在那儿。草地上一头笨牛，它的眼睛将我的身影灼印在郊区房子的侧面。回到家，我像火把倒向床上，看着火焰吞噬我母亲的家，直到天空显现，充血，巨大。我多希望自己是那天空——同时满载所有的飞翔与坠落。

I

说阿门。说补救。

说是的。说是的。
总之。

I

淋浴,在冷水下出汗,我刷了又刷。

I

不算太晚。蚊蚋为我们的脑袋
　　冠上光圈而夏日才来尚未留下
任何痕迹。你的手
　　在我的衬衫下有如收音机里
渐强的静电干扰。
　　你的另一只手挥舞
你爹地的左轮枪
　　瞄准天空。星星一颗颗
自十字准星掉落。
　　这代表我不会
畏惧我们是否已经
　　走到这一步。已经超越肌肤
所能局限。而一个男孩睡在

另一个男孩身旁
必定会使田野
　　充满嘀嗒声。而说出你的名字
就是听见时钟
　　再度倒转一小时
而晨光
　　将会发现我们的衣裳
剥落于你母亲家的前廊
　　如搁放了一星期的百合。

尤丽狄丝 [1]

它比较像是雌鹿
  发出的声音
当箭矢
  取代白日
回应
  肋骨的空洞
闷哼。我们预见它来临
  却依然走过花园的
洞。因为树叶
  纯绿而火光
仍只是远处的
  一抹粉红。这与光
无关——而是它让你变得
  多暗,端视
你站在哪里。

---

1 尤丽狄丝(Eurydice),希腊神话人物,被毒蛇咬死。其丈夫奥菲斯追到地府,以琴音打动冥王让他带回尤丽狄丝。冥王警告奥菲斯上地面之前不能回头看,可奥菲斯终究不放心,回头看,尤丽狄丝又被拉回地府。

依据你站的位置
你的名字听起来可以是满月
　　碎洒于死去雌鹿的皮毛上。
你的名字依据重力
　　而改变。重力击碎
我们的膝盖骨只为
　　让我们瞧见天空。为何我们
不断说是的——
　　尽管群鸟围绕。
现在谁还会相信
　　我们？我的声音嘎嘎
如收音机里的骨头。
　　蠢啊我。竟以为爱是真实
而肉体是虚幻。
　　我以为小小的和弦
就够了。但是瞧瞧我们——
　　再度伫立冰冷
田野。他呼唤那个女孩。
　　他身旁的女孩。
蹄下霜草
　　断折。

无题（蓝，绿，棕）：油画：马克·罗斯科[1]：一九五二

电视说飞机撞上大楼。

而我说好的因为你叫我

留下。或许我们跪下祈祷因为上帝

只在我们如此接近邪恶时

才聆听。我有好多话想跟你说。

为何我最大的成就是走过

布鲁克林大桥

而没想飞。为何我们活得像水：相濡

新舌以沫却不告知彼此

自己经过什么。他们说天空是蓝色的

但是我知道隔得太远看就变成黑色。

你永远记得受创最深时

自己在干什么。我有太多话

必须告诉你——但是我只攒得

这一生。而我不取一物。终究如一对牙齿。

---

[1] 马克·罗斯科（Mark Rothko, 1903—1970），拉脱维亚裔美国画家，表现主义创始者之一，一九七〇年自杀。

一物不取。电视不断说飞机……

飞机……而我站在破碎

反舌鸟构筑的房间等待。它们抖颤的翅膀

化为模糊的四壁。而你在那儿。

你就是那窗子。[1]

---

[1] "九一一"那天,作者的好友自杀。布鲁克林大桥经常给行人一种想要飞或想要往下跳的感觉。呼应诗名里的画家也是自杀而亡。

山丘下的皇后 [1]

我走向田野。一架黑色钢琴等在

中央。我跪下弹奏

我会的曲子。一个单键。一颗牙齿

扔下井里。我的手指

滑过湿黏的牙床。亮滑的嘴唇。鼻子。不是

钢琴——而是一匹雌马

披着黑色床单。白色马嘴

突出如拳头。我向

我的兽跪下。床单塌陷

于它的肋间。那是凹陷的钢琴,

夜里积雨反照出

落入马腹的

蓝天。从天上

按下的

---

[1] 作者注:诗名"山丘下的皇后"(Queen Under The Hill)来自罗伯特·邓肯(Robert Duncan)的诗《我经常被允许返回草地》(Often I Am Permitted to Return a Meadow)。有些句子挪改自爱德华多·科拉尔(Eduardo Corral)的诗作《获得性免疫缺陷综合征》(Acquired Immune Deficiency Syndrome)。

蓝色拇指纹。仿佛某些东西必须被

捏死,留下

这朵黑色的花落在

一个我只是过客的

田野。从祷词

放逐而出的字,闪烁。风

吹平我们周围

苍白的草——马和我

就像太早悬挂的水彩画

滴水。绿浪

围绕我坐的黑色岩石

把枯骨变成

奏鸣曲。我手指模糊,

弹奏我自果园

聆听习得的曲子

释放其中最甜蜜的

错误。这马的

凹痕大到足以

为生。地面的一洼

天空。仿佛低头凝视

死者就是抬头

看我自己的脸庞,被音乐

踩躏。如果我掀起床单
将显露大如死胎的
心脏。如果我掀起床单
我会像个四足阴影
躺在它身旁，蹄子返回
蹄子。如果我闭上眼
将再度置身钢琴内
且不在他处。如果我闭上眼
没人可以伤害我。

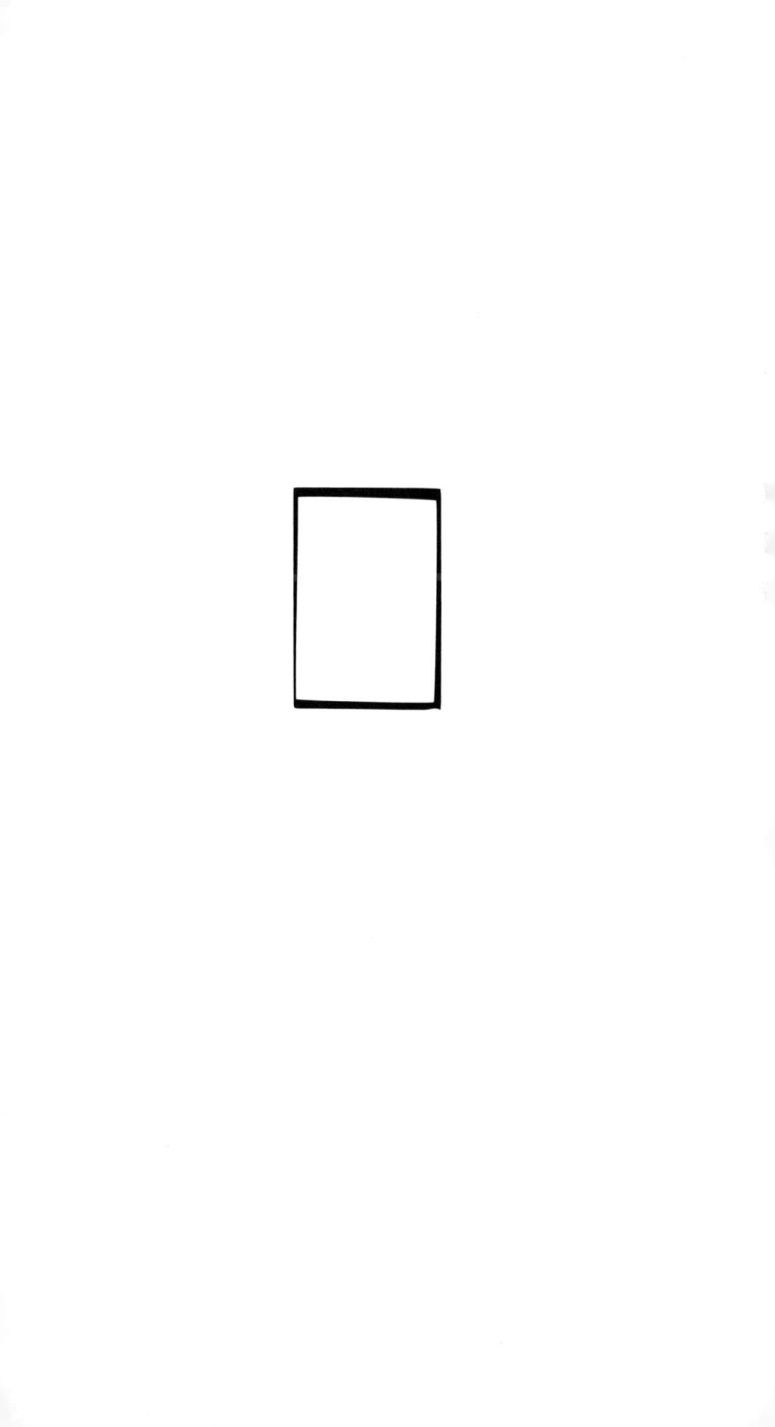

空气的躯干

假设你真的改变生命。
而身体不再仅是

夜的一部分——封印于
瘀青里。假设你醒来

并发现你的影子被
黑狼取代。这男孩,漂亮

且已逝。因此,你反而拿刀
向墙。你刻了又刻

直到出现铜板大小的光
然后,终于,你可朝内注视

幸福。眼睛
从另一头回看着你——

等待。

新遭诅咒者的祈祷文

最敬爱的天父,赦免我,因为我看见了。
木篱后面,夏日点亮的
田野,一个男人的小腿压上
另一个男人的喉咙。汗水湿滑的脖子上
金属变成光。赦免我
未能将这舌蜷成你名字的模样
误以为:
所有祷告必以
请求两字开场,切
风为碎片,进入
有需要的男孩
耳中,他想知道
痛苦如何福佑罪人
重拾肉身。时间突然
静止。那男人,他的嘴唇吻上
黑色靴子。爱上这样的
眼睛,看到如此的湛与蓝,
并祈求它们永远湛与蓝——我有

错吗？当他胯下的湿影扩散

而且滴入赭色泥土，我的脸

抽搐了吗？多么快啊

刀刃变成了你。但是让我再说

一次：有个男孩跪在所有门户

都朝夏日敞开的

房子。有个问题腐蚀

他的舌头。刀刃碰触

你紧紧卡在他喉咙内的手指。

最敬爱的天父，当男孩不再是男孩

会如何？请告诉我——

当羊会食人

牧人会如何？

给我的父亲／给我的未来儿子

星星并非代代相传。

——艾米莉·狄金森[1]

曾有一扇门然后还有一扇门
  被森林围绕。

  瞧,我的眼睛不是
你的眼睛。

  你穿过我有如
    在另一个国度
 听到的雨。
是的,你有一个国度。
    有一天,当他们寻找沉船
 会发现它……

---

[1] "星星并非代代相传"(The stars are not hereditary)来自诗人艾米莉·狄金森(Emily Dickinson)在一八八三年写给查尔斯·H.克拉克(Charles H. Clark)的悼亡信。

有一次，我在一场慢动作的车祸中
   陷入爱河。

我们看来如此平静，香烟自他唇间浮起
   当我们的脑袋往后猛地甩入
 梦境而一切
    皆被原谅。

 因为你听过的或者即将听到的都是事实：我在纸上挥写美好的一小时

   然后看着火焰把它收回。

某些东西总是燃烧。
   你明白吗？我闭上嘴
却仍尝到灰烬的味道
    因为我的眼睛是张开的。

从男人处，我学会赞美墙壁的厚实。
   从女人处，
 我学会赞美。

　　　　　如果你获赠我的身体,放下它。
如果你获赠何东西
　　　　请确保
　　　　　　　雪地不留痕迹。要知道

　　　我从不选择
季节的转向。我的喉咙里
　　　　　永远是十月

　　　而你:每片树叶
　　　　　　都拒绝枯黄。

　　　快。你能瞧见红色黑暗在飘移吗?

这代表我在摸你。这代表
　　　　　你并不孤独——即使
你并不。
　　　　　如果你先我一步抵达,如果你
　　　　　　什么也不想

而我的脸像破旗

  波浪荡漾——转身回去吧。

回去,找到那本我留给
    我们的书,填上
   掘墓者忘记的
天空所有颜色。
   用它。
用它证明星辰
   一直是我们所知的

   那样:是每个误发
    字眼的
  射出伤。

引(爆)

有个笑话的结尾是——蛤?
炸弹说这就是你的父亲。

现在你的父亲在
你的肺里。事后——

瞧这世界轻多了。
仅仅写下父亲二字

就是在白如炸弹闪光的纸上
切下一部分白日。

那光足以沉溺你
却总是不够渗入骨髓

并停留。别待在这儿,他说:
被花儿名字驯服的我儿。别再

哭了。所以我跑。奔向夜。

夜里：我的影子拉长

朝向父亲

自慰讴歌

因为你
  从不
神圣
  只是
漂亮到
  会被发现

嘴里
  有钩
当他们拉你
  离水
水波震晃
  如火花

而有时
  你有的
仅是手
  将自己

牢系

  人间而且

是声音而非

  祈祷

进入

  是雷鸣而非

闪电

  将你惊醒于

汽车后座

  午夜霓虹

停车场

  圣水

抹在

双腿间

  从未有男人

因过度饥渴

  溺毙

那儿

  射精

是缺角
　　星辰的
发音方式
　　因此举起
被欢愉
　　覆盖的拇指

然后教导
　　舌头
此种不羁的
　　养分
迷失于
　　一个景象

就是在其中找到
　　一扇门
因此闭上
　　你的眼睛
而后张开
　　下探

肋骨
  根根
绝望哀鸣如
  无人弹奏的
琴键
  有人称此为

人性但是你
  早已知晓
这是最短暂的
  永恒形态没错
就连圣人
  也记得这是如果

隐匿于
  叹息之下
埋藏于
  气息之中满溢如
樱花
  怒放于无主的

春日

这些句子
多常像是
　　你的兄弟们
被扯离你时的
　　抓痕

你是那个
　　除了坟里
最小的
　　骨头以外
无人听闻的
　　名字你是

那个以所有花瓣说
　　　这里这里这里
点燃四月空气的人你
　　扭曲地
穿过光的
　　铁丝网

明知
　　色彩招来

斩首
  我往下探
寻找你
  在美国泥尘中

在以希望
  欢欣
成功与甜
  唇命名的小镇
譬如小
  西贡

拉拉米镇钞票镇
  与山福镇
那里的树知道
  历史的重量
能够压弯枝干成
  断

句它们的根钻过
  石头
与冷硬事实

收集

锈蚀的记忆

　　　与铁铸

下颌

　　　还有紫晶是的

如此碰触

　　你自己

扒开那至软伤痛

　　　无药可医的

饥渴

　　毕竟

上帝切割你

　　这里

是提醒我们

　　他来自

何处把这多叉

　　心跳钉回

大地

　　　大声呐喊

直到黑暗流经
　　每一头

被方舟流放的
　　无脸野兽
当你拨掉龟头
　　裂口的盐
并称此为
　　日光

别
　　害怕
自己如此
　　灿烂
如此光亮如此
　　空洞

子弹
　　直直穿过你
以为
　　它们发现了
天空而你

往下探

将手
　　按住这个血液
温热的身体
　　就像文字
被钉上了
　　意义

而后存活

笔记点滴[1]

憔悴男子脖子上伤疤大小的温暖。
　　我只想成为它。

有时我要求过多只为感受嘴儿泛滥。

发现：我最长的阴毛一点二寸。

是好是坏？

上午 7:18。凯文昨夜里滥药死。他的妹妹留了讯息。
　　没法听完。今年第三个。

我保证尽快戒除。

今早打翻柳橙汁泼了整张桌子。骤现阳光

---

[1] 作者注："笔记点滴"挪借了桑德拉·林（Sandra Lim）《黑暗世界》（The Dark World）中的一句。阮志天（Nguyễn Chí Thiện）是越南异议诗人，因为作品一共系狱二十七年。狱中虽无纸笔，他依然写诗并记在脑中。译者注：桑德拉·林是韩裔美国女诗人。

无法抹去。

一整个夜里我的手都是日光。
半夜一点醒来,毫无缘由,奔过达菲家的玉米田。
  只着四角裤。

玉米枯了。我听起来像一把火,
  毫无缘由。

阿嬷说战争时他们会抓住婴儿,一个士兵抓住一只
  脚踝,然后拉……就这样。

春天终于来了!水仙处处。
  就这样。

纽约市某个地下贮存所有一万三千个来自世贸中心的无人认领尸块。

是好还是坏?

天堂现今岂非沉重不堪?

雨水"甜"或许是因为它落遍
　　世界太多地方。

甜也能刮喉，所以糖要搅匀。——阿嬷

上午 4:37。为何沮丧让我觉得更像活着？

生命真好笑。

自我提醒：如果一个男人说他最爱的诗人是凯鲁亚克，
　　这家伙十之八九是浑蛋。

自我提醒：如果奥菲斯是女人，我就不会困在这下面。

为何坐拥书城仍让我双手空空？

越南文的手榴弹是 bom，来自法文 pomme，
　　苹果。

还是来自英文炸弹（bomb）？

无声尖叫醒来。屋内满溢蓝色水光

名为晨曦。跑去亲吻阿嬷的额头

以防万一。

一位美国大兵干了一位越南农家女。因此我母亲存在。
因此我存在。因此没有炸弹＝没有家庭＝没有我。

恶。

上午 9:47。已经打了四次手枪,手臂酸死。

茄子＝ cà pháo ＝手榴弹番茄。因此灭绝定义了
　　养分。

今晚我遇见一名男子。高中英文老师
　　来自隔壁镇上。小镇。或许

我不应该,但是他的手类似
　　我认识的某个男人。某个我习惯的人。

双手在桌面形成短暂的教堂
　　是他思索正确字眼的模样。

我遇见一个男人，不是你。烛光让他房间书架上的《圣经》
  摇晃。他的阴囊是擦伤的水果。我轻轻吻上

它，就像有人会先亲吻手榴弹
  再扔进黑夜的嘴。

或许舌头也是钥匙。

恶。

他说我能吃了你，指节抚过我的脸颊。

我想我很爱我妈。

有的手榴弹炸开如白色花朵。

婴儿的呼吸在变暗的天空绽放，横过
  我的胸口。

或许舌头也是根插销。

惠特妮·休斯顿死掉我就戒。

我遇见一个男人。我承诺要戒。

被劫掠的村屯[1]是完美押韵的好范本。他说的。

他是白人。还是或许，在他身旁，我失常了。

无论何者，我打心底忘记他的名。

我揣想以饥渴的速度行动是什么感觉——是否
  快如漆黑中躺到厨房地板上。

（克里斯托弗）

上午 6:24。灰狗巴士车站。前往纽约市的单程票：
  36.75 美元。

上午 6:57。我爱你，妈。

---
1 原文为 "pillaged village"，中文无法呈现其韵，勉强以劫掠村屯呼应。

当狱卒烧掉他的手稿，阮志天忍不住
　　笑了——二八三首诗
已在他体内。

我梦见赤足踏雪前往你家。周遭尽是
　　墨水晕渲的蓝
而你还活着。你的窗里甚至有一抹
　　升阳。

阿嬷瞧着风雪淹没她的花园说，上帝铁定是个
　　季节。

人行道上我的脚步是最小的飞翔。

亲爱的上帝，如果你是季节，让它成为我穿越
　　到这里的季节。

这里。我只想在这里。

我保证。

最小的测量

  颓倒的橡树后面,
温彻斯特步枪嘎响
    在男孩还不该握枪的手中。

  铜色胡须擦过
男孩耳朵。射啊。
    她是你的囊中物……

  夏日沉重,我
是那只母鹿一蹄翘起
    如问号准备刨根

  究底。而且跟任何罪
孽之物一样,我最想要的是
    自己的呼吸。抬起

  由千百年饥渴
切刻而成的嘴鼻,伸向下一个

被季节攫取

低垂受伤的桃子。
射啊,那声音现在变得
  浓重,送她

回老家。但是男孩趴在
树的尸骸上哭泣——两颊抹上
  鼻涕与树皮屑。

有一次,我非常靠近
某男子闻到
  他默声祈祷里的

女性气味。
一如某些人在举起
  武器贴近

天空前也会祈祷。但是颗粒状迷雾
组成今晨的分秒,
  那是测量距离的

最小单位。我瞧见两只手解开
男孩手中的步枪,
   隔着湿润的树叶

它的金属光芒更形锐利。
我看见来福枪……那把枪朝
   下,然后消失。我看见

  一顶橘色帽子碰触
另一顶橘色帽子。不,那是男人
   俯向儿子的身体

  就像猎物
千百年来都必须弯身贴向
   自己的倒影

  饮水。

每日的面包

古芝，越南

红色只是黑色在回忆。
晨色尚黑但烘焙的人已经醒来
将这年所剩的揉入
面粉与水里。还是该说，
他在重塑她的苍白小腿曲线，
由某场他已不复记忆的战争
遗留下的地雷所打造。一捧
稻草然后炉火猩红。紫花苜蓿。
连翘。毛地黄。热腾的
面团。好了后，他会撕开
发酵的蒸汽却只发现
他的掌心——与年轻时一模一样。当沉重
不以重量而是以距离度量。他会爬上
回旋梯并呼唤她的名。
掀开毛毯，他会想着面包的柔软，举起
她的幻肢至唇边，每个吻

都溶入她轻如空气的脚踝。
而他将永远看不见
此举带给她的欢容。永远
看不见她的脸。因为在我匆匆
塑造她成真,让她化现
于此时,我的笔会忘了
为房间添加一点光。
因为我的手总是短暂
且黯淡如我父亲的手。
而且快下雨了。我根本没
想为这屋子加个屋顶——
她的义肢搁在床头柜上,
长度超出柜子而嘎嘎作响。听啊,
这一年已过。我对
我的国家一无所知。我记下一些
事情。我建立一个生活然后撕裂
而太阳持续照耀。新月
波浪。咸水泼洒。海啸。我有
足够墨水给你海洋
但不是船,不过这是我的书
而我会什么都说只求待在
这身皮囊内。树。黄杉。

六分仪与罗盘。让我们称此为秋日

当我的父亲坐在弗雷斯诺郊外

一晚四十元的汽车旅馆里,再度因威士忌而

抖颤。他的手指模糊如

照片。音响里马文

哀求着兄弟,兄弟[1],我又怎能

知道把笔尖压向纸张,我就是

从灭绝重返碰触我们。而燃烧果园里

的俯卧天使,我们将不仅是他们

骨白背脊上的

黑墨。墨水倾倒成

女人小腿的形状。那女人

我可以回去抹掉再抹掉

但是我不。我不会告诉你嘴巴

如何永远不似牙齿

诚实。而这

日日撕开、浸入

蜂蜜的面包——如何被

流亡之舌举起,跟其他

谎言一样——它能成真只因你相信

---

[1] 此句来自马文·盖伊(Marvin Gaye)的歌曲《怎么啦?》(*What's Going On*)。

饥渴。而我那除了饥饿与碎裂

别无其他的父亲，如何在清晨四点

醒于无窗房间却不记得

自己的腿。他会说，快啊，宝贝，巴你的收

方在我背上[1]，因为他会相信

我真的在此，他的儿子

这些年来始终站在

他背后。巴你的收方在我的肩帮，

当香烟的烟旋转成

男孩的鬼魂，他会说，

现在会啊，对，就像遮样，宝贝。

像你会手掰掰那样会啊，看见没？

我告诉昵……我告诉昵。昵老爸？

他飞。[2]

---

[1] 作者父亲为越南移民，讲一口越南腔英文，此句应为"把你的手放在我背上"。
[2] 此句应为："把你的手放在我的肩膀，现在挥啊，对，就像这样，宝贝。像你挥手掰掰那样挥啊，看见没？我告诉你……我告诉你。你老爸？他飞。"

奥德修斯重返

      他走进我的房间像牧人
走出一幅卡拉瓦乔的画。

   句子的遗骸只剩
            一缕

    黑色头发盘绕
我的脚边。

    从风里返回,他呼唤我
嘴里满是蟋蟀——

         头发飘散出
烟味与茉莉香。我等着

   夜晚消退为
数十年岁月——才去摸

他的手。然后我们跳舞

  不知道：我的影子
    加深了他在粗毛垫上的影子。

外面，太阳持续上升。
    它的一片红瓣跌进

  窗内——被他的
舌头捕捉。我企图

    拔它出来
      却被

自己的脸拦阻，镜子，
    裂隙，蟋蟀，音节——

穿过。

说话恐惧症

事后。我在
　　红色黑暗里醒来
把家庭（gia đình）两字
　　写在
黄色便条纸上。

穿过字
　　我能看见
地面
　　之下，骨头的模糊
蓝影。

火速——
　　我用墨水
钻出句点。
　　那是最深的洞，
是子弹，

穿透
  我父亲的背之后，
所停歇的
  地方。
火速——我爬

进去。
  我进入
我的生命
  一如文字
进入我——

以沉坠之姿
  穿过
这
  张大嘴的
静默。

总有一天我会爱上王鸥行[1]

鸥行,别害怕。
路的尽头是如此遥远
它已在我们身后。
别担心。你的父亲只是父亲
直到你或他忘却。就像脊椎
不会记得它的翅膀
无论我们的膝盖多少次
亲吻人行道。鸥行,
你在听吗?你身体最漂亮的
部位是
母亲的影子映落之处。
瞧,就是在这房子里
童年被消减成一条红色绊索。
别担心。就称它为地平线
而你永远抵达不了。
瞧,就是今天。跳吧。我保证那不是

---

[1] 作者注:诗名"Someday I'll Love Ocean Vuong"灵感来自弗兰克·奥哈拉(Frank O'Hara)与罗杰·里夫斯(Roger Reeves)。

救生筏。来，这个男人
他的臂膀宽到可以接住
你的离去。来，这就是
灯火方灭，你仍可看见
他双腿间微弱火炬的那一刻。
你是如何一再用它
找到自己的双手。
你恳求第二次机会
却被赐予一张有待清空的嘴。
别害怕，枪火
不过是人们
想要活久一点却
失败的声音。鸥行。鸥行——
站起来。你身体最美的部位
即是它要前往之处。并且牢记，
寂寞是与世界共度的
静止时光。瞧，这是
大伙都在的房间。
你的亡友穿过你
有如风
穿过风铃。瞧这是
瘸了一腿而以砖块

撑住的书桌。是的。瞧,这儿有个房间
如此温暖且血脉相亲,
我发誓,你会醒来——
并误认四壁为
肌肤。

奉献 [1]

    取而代之的,这年始于
我的膝盖
    摩擦硬木地板,
另一个男人
    进入我的喉咙后离去。新雪
敲打窗户,
    每片雪花都是
一封书信来自
    我早已永远排拒在外的字母。
因为祈祷与慈悲
    的差异
在于你如何
    活动舌头。我的舌头压向
肚脐的熟悉
    旋涡,蜜糖之线
直直往下成为

---

[1] 作者注:《奉献》(Devotion)为彼得·比恩科夫斯基(Peter Bienkowski)而作。

奉献。而世间
最神圣的事
　　莫过将
一个男人的心跳含住于
　　被过多空气磨利的
牙齿间。这张嘴是进入一月的
　　最后入口，因新雪
敲击窗户而
　　沉默。
而如果我的翅膀燃烧——那
　　又怎样。我
并未要求飞翔。
　　只求彻底
感受，只求这
　　完完整整，就像雪
碰触赤裸肌肤——而后，
　　突然，不再是
雪。

译后记

何颖怡

这本诗集得以顺利出版，最需要感谢诗人鸿鸿。

我从没翻译过诗集，完全不知道该如何掌握节奏、意象，很担心自己把诗翻译成一句句分开来的散文。

幸得鸿鸿同意担任审阅。一开始我翻译了十二首，草草校对过就请他先看。结果回稿通篇红。我吓坏了。便问他我可不可以每翻译完一二首就请他先过目，我可以一首一首地进步，他也不用一口气看太多烂翻译稿，而不知从何改起。

就这样，鸿鸿等于手把手教我认识"诗"为何物，翻译上，它和散文究竟有何不同。王鸥行的诗偏艰涩。有时，针对一个句子该怎么摆，我们反覆讨论许多次。

各位看到的定稿，鸿鸿完整审过两次，连同我自己，一共六校。只能说我尽力了，译者如果真正懂诗，它可以更好。

文末唠叨：诗集与作者的自传体小说《此生，你我皆短暂灿烂》多处相互指涉，对照阅读，大家可能会收获更多。

图书在版编目（CIP）数据

夜空穿透伤：王鸥行诗集 /（美）王鸥行著；何颖怡译 . -- 北京：北京联合出版公司 , 2024.8. --（雅众诗丛）. -- ISBN 978-7-5596-7704-4

Ⅰ . I712.25

中国国家版本馆 CIP 数据核字第 2024153B5G 号

北京市版权局著作权合同登记 图字：01-2024-3625 号

夜空穿透伤：王鸥行诗集

作　者：[美] 王鸥行
译　者：何颖怡
出 品 人：赵红仕
策划机构：雅众文化
策划编辑：方雨辰　傅小龙　拂　荻
特约编辑：拂　荻　拓　野
责任编辑：夏应鹏
装帧设计：山川制本 workshop

北京联合出版公司出版
（北京市西城区德外大街 83 号楼 9 层　100088）
北京联合天畅文化传播公司发行
北京市十月印刷有限公司印刷　新华书店经销
字数 65 千字　　787 毫米 × 1092 毫米　　1/32　　4 印张
2024 年 8 月第 1 版　　2024 年 8 月第 1 次印刷
ISBN 978-7-5596-7704-4
定价：52.00 元

版权所有，侵权必究
未经书面许可，不得以任何方式转载、复制、翻印本书部分或全部内容。
本书若有质量问题，请与本公司图书销售中心联系调换。电话：（010）64258472-800

Night Sky with Exit Wounds
by Ocean Vuong
Copyright © Ocean Vuong
© 2016 Copper Canyon Press
© 2017 Jonathan Cape
Traditional Chinese translation rights
© 時報文化出版企業股份有限公司
Simplified Chinese edition copyright
© 2024 Shanghai Elegant People Books Co., Ltd.
Here is the translation:
Cover photo © Ocean Vuong
Author photograph © Peter Bienkowski
All rights reserved.